AF363901

COLLECTION DE M. G. PLACH, DE VIENNE

TABLEAUX & DESSINS
MODERNES

TABLEAUX & DESSINS
ANCIENS

EXPOSITION
Le Mardi 30 Avril 1861

VENTE
Les Mercredi 1er et Jeudi 2 Mai 1861

Me **SOYER**, Commissaire-Priseur.

MM. Francis **PETIT**,
DHIOS, } Experts.

1861

RENOU ET MAULDE

IMPRIMEURS DE LA COMPAGNIE DES COMMISSAIRES-PRISEURS

Rue de Rivoli, 144.

CONDITIONS DE LA VENTE

Elle sera faite au comptant.

Les Acquéreurs paieront, en sus du prix d'adjudication, CINQ pour cent, applicables aux frais.

ORDRE DES VACATIONS.

Le MERCREDI 1er Mai : Les Tableaux et Dessins modernes.
Le JEUDI 2 Mai : Les Tableaux et Dessins anciens.

LE CATALOGUE SE DISTRIBUE

A PARIS. .... M⁰ SOYER.
— .... M. Francis PETIT.
— .... M. DHIOS.
A BRUXELLES............. M. Étienne LEROY.
A ROTTERDAM .... M. LAMME.
A LIÉGE. .... M. VAN MARKE.
A LONDRES................ M. GAMBART.

DESSINS MODERNES

CHANDELIER

1 — Un Puits en Hongrie.

Aquarelle.

COGNIET (Léon)

2 — Femme italienne à la fontaine.

Aquarelle.

DECAMPS

3 — Maréchal-ferrant.

Dessin rehaussé.

4 — Halte à la fontaine.

Fusain rehaussé.

5 — Un Chien couché.

Aquarelle.

6 — Famille de Bohèmiens dans une caverne.

Fusain.

7 — Étude de rochers.

Fusain.

8 — Chasseur italien.

Fusain rehaussé.

DELAROCHE (Paul)

9 — Figure d'Apelles, dans l'hémicycle de l'École des Beaux-Arts.

Mine de plomb.

NARVEZ

10 — Osborne-House.

Aquarelle.

PELLETIER

10 —   11 — Paysage.

Aquarelle.

PETTENKOFEN

79 —   12 — Habitation de Bohêmiens.

Aquarelle.

154 —   13 — Un Camp de Bohêmiens.

Aquarelle.

195 —   14 — Paysan bohêmien.

Aquarelle.

30 —   15 — Un Tambour croate.

Aquarelle.

17 —   16 — Deux Paysans hongrois.

Aquarelle.

40 —   17 — Jeune Paysanne hongroise tenant un panier.

Aquarelle.

30 —   18 — Deux petits Bohêmiens.

Aquarelle.

56 —   19 — Troupeau de porcs sur les bords de la Theiss.
(Hongrie.)

Aquarelle.

19 —   20 — Trois études de paysans hongrois.

Aquarelle.

41 —   21 — Petit Paysan bohêmien tenant un porc.

Aquarelle.

11 —   22 — Jeune Fille bohêmienne.

Aquarelle.

22 —   23 — Deux études de chevaux.

Mine de plomb.

PETTENKOFEN

24 — Six études prises sur nature, en Hongrie.

Mine de plomb.

25 — Jeune Fille se baignant.

Sépia.

26 — Paysan hongrois.

Sépia.

RAFFET

27 — Bataille de Novare.

Aquarelle.

28 — Soldat de la République.

Aquarelle.

29 — Bonaparte nommé consul à vie, reçoit les félicitations du Sénat.

Aquarelle.

30 — Bonaparte au 18 brumaire 1799.

Aquarelle.

31 — Pupille, grenadier (3e régiment).

Aquarelle.

32 — Tambour autrichien.

Aquarelle.

33 — Un Colonel de lanciers, armée de Garibaldi.

Aquarelle.

SCHROEDEL

34 — Vue prise en Savoie.

Grande aquarelle.

35 — Trois études faites en Savoie.

Aquarelles.

SCHROEDEL

36 — Trois études prises en Savoie.

Dessins rehaussés.

VALÉRIO

37 — Femme d'un Sereczan (Croatie).

Aquarelle.

TABLEAUX MODERNES

CHAVET

38 — Une Arlésienne.

COLIN

39 — Les soins au blessé.

COROT

40 — Paysage.

DECAMPS

41 — La Fiancée du roi Candaule.

42 — Grecs sur un rempart.

DUPRÉ (Victor)

43 — Paysage, la route.

FRÈRE (Théodore)

44 — Caravane arrêtée près d'un caravensérail.

45 — Vue prise à Hagadi (Haute-Égypte).

KIORBOË

46 — Un Chenil.

LECOMTE (Hyppolite)

47 — Halte de soldats.

LICHTENFELS

48 — Deux paysages.

MEYER (Louis)

49 — Marine, soleil couchant.

PETTENKOFEN

50 — Halte de Bohémiens sur les bords du Theiss.

51 — Cavaliers autrichiens traversant un gué.

52 — Une Porteuse d'eau (Hongrie).

53 — Une Rue de Solnok (Hongrie).

54 — Un Intérieur hongrois.

RAFFALT

55 — Un Puits près Solnok.

56 — Les Bords du Theiss.

57 — Mendiante.

ROOSENBOM

58 — Environs d'Amsterdam. Effet d'hiver.

ROUSSEAU (Philippe)

59 — Lapins.

SALMON

60 — Vache couchée.

SCHELFOUT

61 — Paysage hollandais en hiver.

STÉVENS (Joseph)

500 ~ „   **62** — Chasse au faisan.

205 ~ „   **63** — Le Chien du joueur d'orgue.

102 ~ „   **64** — La Halte.

TISSOT

785 ~ „   **65** — Le Vœu.

HAANEN (Van)

90 ~ „   **66** — Vue de Hollande. Effet de soir.

76 „   **67** — Paysage de Hongrie.

64 ~ „   **68** — Paysage.

165 ~ „   **69** — Environs d'Harlem.

VERTEN

63 ~ „   **70** — Une Ville de la Hollande.

WILLEMS

530 ~ „   **71** — Intérieur d'une maison flamande.

670 ~ „   **72** — L'Attente.

TABLEAUX ANCIENS

EYCK (Jean Van)

73 — Saint Luc, la sainte Vierge et l'Enfant Jésus.

Sous une arcade antique, Saint Luc vêtu d'une tunique rouge, dessine les traits de la Sainte Vierge, qui est assise, allaitant l'Enfant Jésus qu'elle tient sur ses genoux ; derrière, appuyés sur un balcon, on voit deux personnages ; dans le fond, une ville traversée par une rivière.

Cette importante Composition a fait partie de la Collection royale de Bavière.

Tableau gravé. Bois. H. 134. L. 108.

HOLBEIN (Hans)

74 — Portrait de l'artiste à l'âge de trente-cinq ans.

NETSCHER (Constantin)

75 — Une Famille à l'entrée d'un parc.

VERKOLIE

76 — La Déclaration d'amour.

POTTER (Paul)

77 — Cavalier dans un paysage.

TENIERS (David, le Jeune)

78 — Un Fumeur.

POËL (Van der)

79 — Intérieur de cuisine.

HEEMSKERCK

80 — Cabaret de paysans.

TERBURG (Gérard)

81 — Jeune Fille dans une chambre.

MIGNON (Abraham)

82 — Fruits.

ZACHTLEVEN

83 — Paysage.

PENS (G.)

84 — Saint Sébastien.

KLOMP (Albert)

85 — Animaux dans un paysage.

HEEM (David de)

86 — Fruits et nature morte.

ROOS (Henry)

87 — Paysage et animaux.

VELDE (Adrien Van de)

88 — Animaux dans un paysage.

FRANCK (François)

89 — La Nativité de Jésus.

HAAGEN (Van der)

90 — Troupeau de vaches à l'entrée d'un bois.

BLOEMAERT (ABRAHAM)

91 — Adam et Ève dans le Paradis terrestre.

Tableau gravé.

AUBRY

92 — Le Petit voleur de marrons.

Ce Tableau est gravé

DE VRIES

93 — Paysage.

ZORG

94 — La Récureuse, scène d'intérieur.

95 — Ustensiles de cuisine.

BREUGHEL (JEAN dit DE VELOURS)

96 — Jésus guérisant un aveugle.

97 — La Prédication de saint Jean.

Deux pendants d'une grande finesse. Gouaches sur vélin.

WILH BAÜR. 1630

98 — Épisode de l'histoire de Léopold-le-Saint, premier duc d'Autriche.

Gouache sur vélin.

OSTADE (Attribué à ISAAC)

99 — Villageois en goguette, suivis par une troupe d'enfants.

DENNER (Attribué à BALTHAZAR)

100 — Portrait de femme.

TENIERS (Attribué à DAVID)

101 — Paysage.

MIERIS (Attribué à GUILLAUME)

102 — La Marchande de poisson.

DYCK (École de VAN)

103 — Portrait de Mlle de Montpensier.

MAITRE FLAMAND

104 — La Tête des Flandres, près d'Anvers. Clair de lune.

Tableau signé d'un monogramme.

ÉCOLE ITALIENNE

105 — Paysage avec bacchantes.

MAITRES INCONNUS

106 — Paysage.

107 — Paysage.

DESSINS ANCIENS

MAAS (Dirck)

108 — Paysage avec chasseurs.

Dessin colorié.

109 — Cavaliers et chiens dans un paysage.

Dessin colorié

GASPARI (Pietro)

110 — Vue d'un riche palais.

Encre de Chine et plume.

QUAGLIO (Joseph)

111 — Vue intérieure d'un palais italien.

Encre de Chine et plume.

NOVELLI

112 — Cérémonie funèbre à Haïti.

Dessin à la plume mêlé d'encre de Chine.

CANALETTI (Antonio)

4 VUES DE VENISE

113 — Ile du nouveau Lazaret.

114 — Littoral de Palestrina.

115 — Ile de Sainte-Hélène.

116 — Ile Saint-Michel de Murano.

Encre de Chine et plume.

ÉCOLE DU XVIIIᵉ SIÈCLE

117 — Scène de comédiens.

Charmant Dessin colorié.

RENOU et MAULDE, imprimeurs de la Compagnie des Commissaires-Priseur
rue de Rivoli, 144.   2561